ALBUM

LITTÉRAIRE.

ROUEN,

IMPRIMERIE DE ALFRED PÉRON,

Rue de la Vicomté, 55.

1855.

LES FABLES DE LA FONTAINE.

Air de *La Famille de l'Apothicaire.*

Dans un cadre plus rétréci,
La Fontaine, en groupant tes fables,
J'en veux montrer en raccourci
Les mille beautés ineffables.
Mais à qui prendre son crayon
Pour cette esquisse téméraire?
Amis, j'emprunte à la chanson
Sa palette la plus légère.

8

Une Grenouille vit un Bœuf
Qui lui sembla de belle taille ;
Elle, plus petite qu'un œuf,
Soudain se gonfle, se travaille.
De grosseur, elle s'efforça
De lutter, et, dans sa folie,
S'enfla si bien, qu'elle passa
L'arme à gauche et creva d'envie.

❈

Le Chêne, avec compassion,
Disait : « Chétive créature,
« Humble Roseau, qu'avec raison
« Tu dois accuser la nature ! »
Le vent survient, l'arbre insolent
Tombe brisé par la tempête ;
L'autre plia modestement,
L'ouragan respecta sa tête.

❈

Une Fourmi des environs,
Pour qui chantait une Cigale,
Lui dit : « La belle, dépêchons !
« Vite, d'ici que l'on détale ! »
La Cigale répond : « J'ai faim. »
Mais la Fourmi n'est pas prêteuse ;
Elle ne tend jamais la main
A la misère paresseuse.

❈

Deux Pigeons s'aimaient d'amitié,
Mais d'une amitié peu commune ;
Entr'eux tout était de moitié,
Le malheur comme la fortune.
Or, il advint que l'un voulut
S'aventurer dans un voyage ;
L'autre en souffrit tant, qu'il mourut :
C'étaient des amis d'un autre âge.

Pour une huître se disputaient
Deux Pèlerins de Normandie ;
Les avocats s'injuriaient,
Chacun au nom de sa partie,
Quand le Juge, au nom de la loi,
Gruge l'huître, et, rendant l'écaille :
« Partagez, dit-il, et chez soi,
« Vite, qu'en paix chacun s'en aille ! »

Un Agneau se désaltérait
Dans le courant d'une onde pure ;
Un Loup, que la faim attirait,
Près de là cherchait aventure.
« Ah ! c'est toi qui troubles mon eau ! »
S'écria l'animal farouche :
« Comment le puis-je ! dit l'Agneau,
« De vous l'eau descend à ma bouche.

— « J'accuse et n'interroge pas,
« Ton sentiment fort peu m'importe;
« Mais je ne souffre en aucun cas
« Un agneau parler de la sorte.
« Je sais d'ailleurs, et de longtemps,
« Que ta race entière m'abhorre, »
Et, cela dit, à belles dents
Le Loup l'étrangle et le dévore.

※

Sur un arbre, maître Corbeau
Tenait en son bec un fromage :
« Ah ! Monsieur, que vous êtes beau ! »
Dit le Renard en son langage.
Dans le panneau, l'oiseau tombant,
Lâche son lopin qui s'échappe.
« Beau niais, dit l'autre, en le gobant,
« C'est ainsi que l'on vous attrape.

※

Un Octogénaire plantait;
Trois Jouvençaux du voisinage
Allaient, disant qu'il radotait
De planter, au déclin de l'âge.
La Mort vint, qui les prit tous trois,
Et le Vieillard octogénaire,
Sur leur tombe ouverte trois fois,
Trois fois déposa sa prière.

※

Dans un pré de Moines, passant,
L'herbe fraîche ayant tenté l'Ane,
Il vient lui-même, s'accusant,
Devant la Cour, qui le condamne.....
« Avoir mangé l'herbe d'autrui !
« Quel crime est plus abominable ? »
Pas un n'osa parler pour lui :
De tous c'était le moins coupable.

La Grenouille, c'est le portrait,
Le hideux portrait de l'Envie ;
Le Chêne d'Orgueil est un trait ;
Le Roseau, c'est la Modestie ;
Du Paresseux nul n'a pitié,
C'est l'exemple de la Cigale ;
Le Pigeon nous peint l'Amitié ;
Des Procès l'Huître est la morale.

Le Loup nous peint la Lâcheté,
Le Corbeau la Sottise vaine,
L'Octogénaire la Bonté,
Le Baudet la Justice humaine ;
Ainsi, sous son pinceau divin,
L'exemple fécondant son livre,
Le Maître nous dit le chemin,
Et nous montre comment le suivre.

La Fontaine, charmant conteur,
Toi qu'à tout âge on doit relire,
Enfant, je t'ai dû mon bonheur,
Aujourd'hui mon esprit t'admire.
De tes immortelles leçons
Dans nos cœurs verse la semence,
Et pardonne, de nos chansons,
Si l'audace parfois t'offense.

J. DELARUE.

LE DÉLIRE DU POÈTE.

Parfois, quand, vers la nuit, le ciel est sans nuage,
Quand l'Occident se teint de la pourpre du soir,
Quand, au bruit de la mer qui baise le rivage,
L'oiseau jette au soleil son doux chant du revoir,
Comme le pur encens, ma voix vers Dieu s'élève :
Je sens des flots d'amour déborder de mon cœur ;
Mon front appesanti lentement se relève,
Mon regard puise aux cieux la vie et le bonheur ;
Et je contemple alors cette belle nature,
Tantôt rude, sauvage et sublime d'horreur ;
Tantôt, comme une femme, adorant la parure,
Et, dans le vermisseau, sublime de grandeur.

Je suis jeune et poète, et c'est pourquoi j'admire
Cette main, qui, pour tous, fixa le même sort;
Des petits jusqu'aux grands, tout mortel doit se dire :
Du jour où je naquis, j'appartiens à la mort.
La mort! nous la craignons, faibles comme nous sommes;
Ils la craignent, ces rois, vers pleins de vanité;
Car l'homme n'est qu'un ver et les rois sont des hommes;
La terre n'est qu'un point du monde illimité.

Pour moi, dans ces moments où mon âme ravie
Est pleine du désir de la Divinité,
Lorsque cette âme a soif d'une nouvelle vie,
Qu'elle bondit et vole à l'immortalité,
Je me sens emporté vers le séjour des anges;
Tout brille autour de moi du bonheur le plus pur :
Un céleste envoyé, du milieu des archanges,
Dépose sur mon front l'auréole d'azur.
Et je commande alors à ce léger nuage,
Qui traverse les airs, comme à mon serviteur;
Sur l'aile des zéphyrs, il porte mon hommage,
Et le dépose aux pieds du divin Créateur.
J'ai ce brillant soleil pour flambeau qui m'éclaire;
Le front poli des cieux, voilà mon seul miroir.
Comme, avec mes amis, je semble me complaire,
Aux astres de la nuit, à parler vers le soir.
Je crois apercevoir ces mondes de lumière,
Qui sèment de brillants le manteau bleu des cieux,
Former une couronne autour de ma paupière,
Aux accents enchanteurs d'un luth mélodieux.

Mais, pendant ces instants d'un suave délire,
Quand tout lien mortel, dans mon cœur, est brisé;
Quand mon esprit s'épure aux accents de ma lyre,
En brûlant du beau feu dont il est animé;
Quand je me sens saisi de la plus douce ivresse,
Que mon âme s'envole au plus sublime lieu,
En vain, je me grandis, je me grandis sans cesse,
Je me trouve toujours atome près de Dieu !

CHARLES BESSON Fils.

LES DEUX PALAIS,

VOYAGE A L'EXHIBITION DE LONDRES.

Air : *Allez-vous-en, gens de la noce.*

Bonsoir à la fière *Angleterre*,
Où nous avons vu *deux Palais :*
Sur *l'un* je voudrais bien me taire,
L'autre est bien digne des *Anglais.*
Quand on a rencontré *l'extrême,*
On doit dire le *bien,* le *mal ;*
  Dans ce *local*
  Peu jovial,
Nous avions le *Palais Carême*
Après le *Palais de Cristal.*

Les merveilles de l'industrie
Ornent le *Palais* enchanteur !
Un *carême* d'hôtellerie
Nous servait de *restaurateur ;*
Pourtant nous admirions, quand même,
Tous les produits, — mais au *régal,*
　　Repas *frugal,*
　　Aux ris *fatal ;*
C'était bien le *Palais Carême*
Après le *Palais de Cristal.*

Alors qu'on voit mouvoir le monde
Dans ce *Palais,* — vaste *bazar !*
On confond la machine ronde
Avec les chefs-d'œuvre de l'art.
On dirait que l'univers s'aime,
A voir ce *banquet général*
　　Oriental,
　　Occidental,
— Malgré notre *Palais Carême,*
C'était beau le *Palais Cristal !*

On nous disait dans notre *France,*
Qu'à *Londres,* dans ce beau Palais,
Par une aimable déférence,
On n'y rencontrait plus d'*Anglais.*

C'est en vain qu'on cherchait la *crême*
Du grand peuple national,
Original,
Et fort vénal,
C'était, comme au *Palais Carême*,
Qu'il *brillait* au *Palais Cristal*.

Notre *Carême*, en ses harangues,
Alors qu'on était sur les *dents*,
Nous répétait : « Je sais *neuf langues*,
« Et j'ai fait mes *dix-huit enfants* ;
« Je n'ai pas besoin de *Barême*
« Quand je vous offre mon *Waux-hall*, »
Jeu *lacrymal*,
Sans *vin* ni *bal*.
Enfin, c'est le *Palais Carême*
Après le *Palais de Cristal*.

HOUDARD J^e.

HOMMAGE A LA POÉSIE.

A toi mes chers loisirs, divine Poésie !
A toi mes doux transports et mes rêves brûlans !
A toi l'heureuse extase où je bois l'ambroisie ;
A toi mes chants d'amour et leurs fougueux élans !
Oui, sur mon humble luth, quand ta main le caresse,
J'aime, de mes accents, les sons mélodieux !
J'aime à baigner mon cœur dans cette sainte ivresse
D'où mes nobles pensers s'élèvent vers les cieux !

Là, mon âme, plongée en tes flots d'harmonie,
S'abandonne au courant des suaves accords !
Et, prompte à s'enflammer aux feux de ton génie,
Ta sublime étincelle excite ses transports !
Parfois, ivre de charme, éblouie, en délire,
Mon âme sent jaillir un rayon de splendeur,
Lorsqu'un de tes éclairs illumine ma lyre
Et prête à mes concerts l'éclat de ta grandeur !

Que vous importe alors, mon esprit et mon âme,
Que sur vous un rhéteur lance son aiguillon ?
Libre, mon vers s'envole, et son aile de flamme,
Des critiques frondeurs brave le tourbillon.
Mon nom ne cherche pas sa place dans l'histoire ;
Mes modestes accents expirent sans échos...
Je cherche la lumière et nullement la gloire...
J'aime mieux des conseils que d'éclatants bravos...

A d'autres les succès, les honneurs et les palmes
Promis, dans un concours, aux poètes vainqueurs !
Mon cœur veut triompher dans des luttes plus calmes :
Il place les vertus au-dessus des honneurs.

« Je chante le progrès à la foule ignorante ;
« J'appelle, plein d'espoir, l'ère de vérité ;

« Je chante avec douleur l'humanité souffrante !
« Je chante avec amour l'hymne de charité !
« J'aime à chanter la France en ses jours de conquêtes,
« Quand, pour nos libertés, flottent ses étendards !
« Je chante ses chefs-d'œuvre et sa victoire aux fêtes
« Qu'elle offre aux nations dans son palais des arts !
« Je chante le ruisseau qui doucement murmure ;
« Je chante l'Océan, ses flots et leurs fureurs ;
« Je chante l'aquilon grondant sur la nature ;
« Je chante les zéphyrs, les oiseaux et les fleurs ;
« Je chante, d'un héros, la valeur, la clémence ;
« Je chante, en l'élevant, ma prière au saint lieu ;
« Je chante l'Univers, cette merveille immense ;
« Pleine d'humilité, mon âme chante Dieu ! »

Et si parfois mon vers imagé se colore
D'un lyrisme pompeux, et si, modeste auteur,
Mon âme se grandit en saluant l'aurore
D'un progrès libéral ou civilisateur,
L'honneur est à toi seule, à toi seule est la gloire,
Divine Poésie ! interprète des cieux !
Toi dont le doigt marqua les pages de l'histoire,
Où sont inscrits les noms des auteurs demi-dieux !
Toi dont la douce voix émeut, embrase, enivre,
Et répand sur le globe un encens fraternel !
Toi qui de la nature ouvres l'immense livre
Où le poète apprend un hymne à l'Eternel !

Oui, sur ton vaste front où la gloire rayonne,
Et d'où jaillit sur nous la céleste clarté,
Dieu plaça, noble reine, en posant ta couronne,
L'étoile du génie et d'immortalité !!

Lⁿ GUIZY.

ÉTAIT-CE UN FOU ?

Jeune, j'ai voyagé; vieux, je voyage encore;
  C'est un besoin qui me dévore,
Et que je satisfais aux dépens du repos.
(On ne dispute pas sur l'emploi de la vie.)
  Un jour, non loin de Varsovie,
Tandis que l'on faisait raffraîchir les chevaux,
  A moi s'offrit un pauvre diable,
Vêtu comme le sont les gardeurs de troupeaux.
  Tout d'abord, et d'un air capable,
Il me dit : « Savez-vous l'histoire véritable
« D'un homme qui sut vivre et mourir en héros ?
« C'est la mienne, écoutez ! — Laquais, bas les chapeaux !

« Des fers ! à moi des fers et l'exil ! c'est infâme !
« Comme un vil criminel que l'échafaud réclame,

9

« On m'entraîne, on me jette au bout de l'univers,
« Sous des cieux désolés par d'éternels hivers !
« Ne pouvant effacer du livre de l'histoire
« Un nom que mon pays admirait dans sa gloire,
« On voudrait le flétrir... le flétrir lâchement.
« Oh ! les dieux, quelque jour, en voyant mon tourment,
« M'offriront les moyens de sortir d'esclavage,
« Et de venger l'affront qu'a subi mon courage.
« Libre, je franchirais ces déserts de glaçons ;
« De mon épée, alors, assemblant les tronçons,
« J'en percerais le cœur du tyran que j'abhorre.
« Mes braves Polonais se souviennent encore
« De ces hardis combats avec eux soutenus.
« Le sort nous a trahis ; mais nous a-t-il vaincus ?
« Un peuple subjugué n'a-t-il plus que des larmes ?
« Non, non ! avec ses fers il se forge des armes,
« Et, dans son noble élan, dans sa juste fureur,
« De la patrie en deuil il devient le vengeur.

« Fatalité sur moi ! Toujours le même rêve,
« Que la haine entretient, qui jamais ne s'achève !
« Toujours de tristes nuits et de plus tristes jours,
« Et toujours un espoir qui s'éloigne toujours !

« D'avilissants travaux remplissent ma journée,
« Sous les yeux de gardiens à la trogne avinée,
« Qui trouvent des complots dans les moindres discours:
« Toujours des délateurs, et des bourreaux toujours !

« Et je consens à vivre ! et chaque jour je traîne
« Sur un sol engourdi ma déplorable chaîne ,
« Le corps vieilli, brisé , sans repos , sans secours !...
« Mais j'ai foi dans mon rêve et j'espère toujours.

« Oui , mes vieux compagnons , moi , votre capitaine ,
« J'espère. Et vous aussi , vous partagez ma haine
« Et mon espoir... Bientôt, dans un suprême effort,
« Parmi nos oppresseurs nous sèmerons la mort
« Sans pitié , sans merci ; victime pour victime.
« Trop longtemps la fortune a protégé le crime,
« Qu'elle vienne à son tour protéger nos drapeaux.
« Frères , que vous faut-il pour chasser vos bourreaux ?
« Des armes ? en voici ; des chefs ? je vis encore.
« Des beaux jours d'autrefois je vois naître l'aurore ;
« Je vois nos bataillons , dans l'ardeur des combats ,
« Contraindre la victoire à marcher sur nos pas.
« Je vois , amis , je vois là-bas , sur la poussière ,
« Un homme qu'a frappé ma balle meurtrière :
« Cet homme , c'est le Czar !.. Le reconnaissez-vous ?
« Mon rêve s'accomplit... A genoux ! à genoux !...

« O douleur ! du tyran les hordes irritées
« Au même instant sur moi se sont précipitées ,
« En poussant des clameurs , des houras furieux ;
« J'ai senti leurs poignards et j'ai fermé les yeux...

« Qu'importe ! levez-vous, reprenez votre audace :
« Au rang des nations ce beau jour vous replace.
« Quant à moi, par le ciel, dignement protégé,
« Frères, je puis mourir, mon pays est vengé ! »

Cela dit d'une voix à glacer le sourire,
Il se tut, s'éloigna, murmurant un *bonsoir*.
— Mais qui faisait parler ce vieux berger tout noir?
Etait-ce la souffrance? Etait-ce le délire?
　　　Je dus partir sans le savoir.

Henri PAYELLE.

JETS DE LA PENSÉE.

MOSAÏQUE POÉTIQUE.

Heureux celui qui, dans la vie,
Exempt d'orgueil, exempt d'envie,
Passe en gardant au fond du cœur
La foi, cette céleste flamme,
Cet encens, doux parfum de l'âme,
Qui remonte vers le Seigneur !

Heureux qui se plaît dans l'enceinte
Où Dieu reçoit, fervente et sainte,
La prière de ses enfants !
Heureux qui vient, par des louanges,
Mêler sa voix au chœur des anges,
Aux chœurs des élus triomphants !

A tous les malheurs de la terre
Le poète peut résister,
Quand Dieu le rend dépositaire
Du feu sacré, du saint mystère
Qui chaque jour le fait chanter.

Chanter quand la tâche est finie,
Quand le jour est à son déclin,
Prolonger sa douce insomnie,
Faire d'un rêve une harmonie,
Est pour l'âme un essor divin.

Faisons, lorsque le soleil brille,
Le jour au repos consacré,
Comme l'oiseau sous la charmille,
Faisons, du sein de la famille,
Vers Dieu monter un chant sacré !

—❧—

Allons ! gentilles fleurs des champs,
Le printemps vient, il faut éclore !
La plaine reverdit encore,
L'oiseau va retrouver ses chants !

Fleurs du printemps, perles charmantes,
Dont l'éclat plaît à tous les yeux,
Faites, en votre mois joyeux,
Respirer aux âmes aimantes
Vos parfums qui viennent des cieux !

—❧—

Toujours l'âme et le cœur vont à qui les attire,
Mus par un principe éternel,
Pour atteindre au bonheur où leur nature aspire,
Au cœur il faut l'amour, à l'âme il faut le ciel !

Théodore LEBRETON.

LA VIE EST SI BELLE A VINGT ANS!

Pour une jeune fille malade.

Seigneur, écoutez ma prière,
Sauvez les jours de cette enfant!
Son front s'incline vers la terre,
Comme une fleur au moindre vent!
Mon Dieu! doit-elle déjà suivre
Sa mère au ciel depuis longtemps?
Oh! non, pitié! laissez-la vivre,
La vie est si belle à vingt ans!...

Doit-elle, triste destinée,
Dans les pleurs consumer ses jours,
Et voir sa jeunesse fanée
Tomber sans regrets, sans amours,
Comme en hiver on voit le givre
Se détacher des rameaux blancs?
Oh! non, mon Dieu! laissez-la vivre,
La vie est si belle à vingt ans!...

Laissez-la courir, jeune folle,
Dans vos prés qu'on voit reverdir,
Après ce papillon frivole
Qu'on nomme ici-bas le plaisir.
Ne fermez pas sitôt le livre
Où sont comptés ses frais printemps...
Pitié ! mon Dieu ! laissez-la vivre,
La vie est si belle à vingt ans !...

Que ses beaux yeux puissent encore
Contempler l'azur de vos cieux !
Que le souffle aimé de l'aurore
Caresse encor ses longs cheveux !
Que le parfum qui nous enivre
Porte encor l'ivresse à ses sens !...
Pitié ! mon Dieu ! laissez-la vivre,
La vie est si belle à vingt ans !

Que vous importe, à vous, la vie
De cette enfant que nous aimons ?
A vous, qui, selon votre envie,
Pouvez courber les plus grands fronts ?
Il en est que la mort délivre
Parmi les bons et les méchants,
Prenez-les !... mais laissez-la vivre,
La vie est si belle à vingt ans !

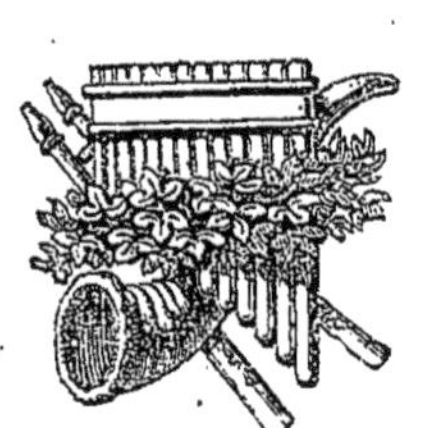

Rouen.—Imp. A. Péron.